KB157842

한국 희곡 명작선 66

피아노

한국 희곡 명작선 66

# 피아노

황은화

평민사

왕은화

피아노

그대 내면에 음악이 사라지지 않기를!

**등장인물**

한동민 : 피아니스트
이세인 : 동민의 아내
종근
주동
이미래
권나선
이장 : 윤두

**무대**

무대 오른편(상수)에 피아노가 있다.
피아노는 각도나 위치를 바꾸기 용이한 상태

무대 중앙과 왼편(하수)은 부엌이 세팅돼 있고 그 안에 식탁과
소파가 조화롭게 놓여 있다.

또한 중요한 무대로 문이 상수 끝에 위치해 방문자들이 문을 들
어오기 전에 모습을 볼 수 있도록 배치한다.

**※ 무대 전환에 대하여**

무대 전환 시, 다른 인물들과 사물들은 관객의 시선 밖으로 사라
지지만 세인은 이동하거나 의상을 갈아입거나 소품을 바꾸는 모
습 등을 관객에게 자연스럽게 노출시킨다.

# 프롤로그

어둠 속에 여자의 목소리

**여자**(v.o.)  (차분하고 단호한 목소리) 여긴 너무 시끄러운 거 같아요!

조명이 피아노를 비춘다.
전화연결음 들려온다.
통화하는 두 남녀
어둠 속에서 두 남녀의 목소리만 들린다.

**여자**(v.o.)  왜 전화해요?
**남자**(v.o.)  좀 늦었네. 거의 다 왔어.
**여자**(v.o.)  빨리 와요.
**남자**(v.o.)  당신 진짜 먹고 싶은 거 있어?
**여자**(v.o.)  지금 그거 말해도 되나?
**남자**(v.o.)  당연하지!
**여자**(v.o.)  당근케이크
**남자**(v.o.)  그래. 당근, 당근이라~ 어 생각났다. 떠올랐어. 좀 만 더 기다려!
**여자**(v.o.)  여보, 됐어요. 그냥 해본…….

전화 급하게 끊기는 소리.

**여자(v.o.)**　여보!

조명 들어와 여자를 비춘다.
여자가 피아노에 다가가 차분하게 앉는다.
(새가 내려앉듯 차분하게)
여자는 피아노 앞에서 연주를 하려다가 망설이더니 몸을 가다듬고
심호흡을 조심스레 한다.
건반 하나를 누른다.

다음 연주가 이어지지 않는다.
피아노 위에서 손을 뗀다.
고개를 떨군다.
음의 여운이 이어진다.

# 1악장. 두 개의 방

1-1

남편의 생일 파티


1-1-1

남편의 생일파티

혼자 있는 세인


식탁 앞에 당근 케이크 하나 놓여 있다.

여자, 초에 불을 붙이고 아주 조용한 소리로 축가를 부른다.

그리고 한참을 케이크를 노려보다가 바람을 불어 불을 끄고는

케이크를 한 덩어리 손으로 움켜쥐고 먹기 시작한다.

곧바로 얼굴을 케이크 위에 처박는다.


조명 꺼진다.


1-1-2

남편의 생일파티

세인과 동민 그리고 친구들.(종근, 주동)


두 사람 다 얼굴에 케이크가 잔뜩 묻어 있다.

서로의 얼굴 보며 웃는다.

세인      여보, 우리 이사 가자!

동민      어?

세인      우리 이사 가자고~ 이쯤이면 됐어요.

동민      그 얘기라면 그만둬! 내 생일인 거 몰라. 내 생일인데 (웃으며), 이거 월권이야! 내 생일인데 당신이 소원을 비는 거야. 내 소원은, (사이) 여기서 행복하게 사는 거야.

세인      한동민 씨, 도이치 그라모폰 연주자 한동민 씨이~

동민      그만해! 나 그 말투 싫어하는 거 알지! 케이크가 예전 같지 않네. 예전 맛이 아냐.

두 사람 다 기분이 상해 얼굴에 묻은 케이크 자국을 수건이나 물티슈로 지우기 시작한다.

세인      미안해요. 비꼬려던 건 아냐! 그런데 당신이 슬럼프인건 다 이런 곳에 처박혀 있어서 그런 거예요.

동민      아주 아주 주관적인 주장이십니다.

세인      내가 당신을 몰라, 내가 당신을 모르냐고!

동민      모르는 거 같은데…….

세인      동민 씨! 난 농담 하는 거 아냐! 나 용기내서 어렵게 이야기하는 거라고~

동민      여기가 뭐가 어때서? 난 이곳의 자연스러움이 그리고 자

연이 좋아. 창문을 열면 차갑고 상쾌한 공기를 마실 수
있고 오래된 나무들이 있는 정원이 있고 여기 이 악보들
은 늘 깨끗하고 고요하고…….

**세인** 동민 씨는 지금 말야, 지금…… 자신을 속이고 있어. 당
신답지 못하다고!

**동민** 나다운 게 뭔데?

**세인** 동민 씨, 파리에 체류하는 거 거절한 것도 좋아. (당시를 회
상하는 듯) 하지만 여긴 아니야. 여긴 절대 아니라고! 낡고
구석진 촌구석이 당신에게 맞다고 생각해? (사이) 정말?
보다 쾌적하고, 당신 지인들과도 교류가 쉬운 곳들이 있
잖아. 교통도 편하고 말야. 당신에게는 정말 중요한 시기
라고! 그 어느 때보다 말야.

**동민** 고향에 있는 게 좋아. 어려서 여기서 자랐고, 추억이 있
고, 그리고 차가 있는데 뭐가 교통이 불편해. 그리고 정
말로 중요한 건 말야, 당신 말대로 중요한 시기라 여기
있는 거라고~ 당신이 불편한 거야? 여기가 견딜 수 없을
정도였어? 당신 운전도 잘 하잖아.

**세인** 꼭 여기일 필요는 없어. 당신 부모님들도 다 돌아가셔서
여기 안 계시잖아. (동민의 표정을 보고) 미안! 그런 의도가
아니라 당신을 존중하지만 내게도 힘든 면이 많아. 여
보! 이건 정말 중요한 일이라고! 이제 더 이상 양보할 수
없어. 내일부터 나 알아볼 거야.

**동민** 정말 결심을 했구나!

| 세인 | 이건 당신만이 아니라 나를 위해서도 필요한 일이야. 여긴 답답하다고! |
|---|---|
| 동민 | 세인아, 나 할 말이 있는데…… |

초인종 울린다.
동민이 중요한 말을 하려는 데 초인종이 울려 타이밍을 놓친다.
아쉬운 듯 고개를 떨군다.

| 세인 | 누구세요? |
|---|---|

문 밖에서,

| 종근 | (크고 당당한 소리로) 저입니다. 제수씨! 동민아 우리 왔다. |
|---|---|
| 동민 | (상대적으로 작은 소리로) 동민아! 우리 왔어. |
| 세인 | (동민을 보며 작은 소리로) 당신 친구들, 경우 없어. 재수 없어! |
| 동민 | 진짜 왔네. 미안. 이해해줘! (세인의 어깨를 쓰다듬어 준다) |

세인은 크게 심호흡 하고 문을 열어준다.
동민의 친구인 종근과 주동이 찾아왔다.

| 종근 | 아냐~ 내가 이러고 있을 줄 알았다. 케이크나 깔짝깔짝 먹고 있을 줄. |
|---|---|
| 주동 | 나 왔다. 동민아! (쑥스러워하며) 제수씨 안녕하세요~ |

| 종근 | 케이크도 좋지. 음…… 최악은 아닌데 생일에는 요런 게 필요하지. (검은 봉투에서 소주 꺼낸다) 동민아, 내가 특별히 번데기탕도 끓여 왔다. |
|---|---|
| 동민 | 정말? 와 웬일이래~ 고맙다. 니들밖에 없다. |
| 주동 | 난 쥐포. (쥐포와 오징어를 들어 올리며 어색한 표정) 쥐포 좋아하세요? |
| 세인 | 이렇게 갑자기는 곤란해요. 연락도 없이 오시고 그이가 요즘 몸도 안 좋고 해서 연락 안 드렸는데……. |
| 동민 | 여보오~ |
| 세인 | 다음에는 이러지 말아주셨으면 해요. |
| 동민 | (부드럽게) 여보! |
| 주동 | 죄송합니다. |
| 종근 | 제수씨, 저흰 완전 완전 찐절친입니다. 생일 때만이라도 조금 자유를 주시면 어떠실지요? 동민이, 이 녀석은 클래식을 해도, 여기, 요 요 내장은 순 한국놈 내장이라서~ 연주회 끝나면 이놈 군이 저희 동네에 와서 곱창에 쏘주를 까야 속이 풀리는 놈이랍니다. 오해마세요! 제가 초대한 적은 한 번도 없습니다. 단, 한 번도! |
| 주동 | 거짓말! |
| 종근 | (주동 노려보며) 저~ (옆구리 슬며시 꼬집으며) 너~ |
| 세인 | (다소 차갑게) 저도 알아요. |
| 동민 | 여보, 잔 좀 갖다 줘요! |
| 종근 | 안 가져오셔도 돼요. 여기 잔이랑 젓가락, 숟가락 다 준 |

비했습니다.

**주동**　죄송합니다.

**동민**　여보! 뭐 할 일 있다고 했지! (손짓하며) 우리끼리 술 좀 마시고 있을게.

**종근**　어디 가세요? 저희랑 같이 한 잔 하시죠.

**세인**　아니에요. 친구분들끼리 함께하세요.

**종근**　다음엔 꼭 한 잔 하시는 겁니다.

**세인**　네.

**종근**　꼭이요?

**세인**　네.


종근 새끼손가락 내민다.

종근, 세인과 새끼손가락 건다.


**동민**　오버한다.


종근과 주동 일어나더니 고개 숙여 정중히 인사한다.

동민도 인사한다. 세인도 정중히 인사한다.


**동민**　조금만 마실게!


세인 천천히 무대에서 사라진다.

친구들 술을 따라 건배하고 원샷.

수다에 빠져든다.

종근    (사라진 세인 쪽을 보며) 얼음공주.

동민    어디 감히!

종근    그래도 매력 있어.

주동이 종근의 뺨 살짝 때린다.

주동    어디 감히!

동민    고맙다. 주동아 한잔하자!

종근    (고개를 도리도리 돌리며 정신 차리고) 어, 정신 차려야겠지. 아 맞다! (웃음) 어제 주동이가 여자를 만났는데, 진로에서 일하는 여자였거든. 대박 아냐! (술잔 보며) 이거 이 회사, 진로그룹. 그런데 대뜸 만나자 마자 여자가 코트를 벗더래, 그랬는데, 와아~ 가슴~ (황홀한 표정) 시스룩! 따라해봐! 시스룩! 맥심 몸매 알쥐? 맥심 와~ (손동작) 근데 이 병신이 말야……

주동    내가 뭘?!!!

종근    모태솔로 인증도 아주 제대로였어. 여자 몸매 죽이고 옷 죽이고 가만히 음료수 한 잔 차분하게 마시고 전생에 나도 나라를 구한 적이 있었구나, 감사하며 축복에 임해야지.

동민    그런데?

**종근**  저거 저거 어렸을 때 엄마젖 안 먹고 자랐는지 글쎄, 그 여자 그 가슴 최소 D컵 이상이었다는데

**주동**  주둥이 닫아라!

**종근**  데이트 대화 처음부터 옷이 불편하지 않냐? 아마 저 화상 여자 가슴 제대로 쳐다도 못 보면서 그렇게 얘기했을 거야. 첫 만남에 좀 어울리지 않는 거 같다느니, 그렇게 비추는 옷을 입으면 남자들이 가볍게 본다느니…….

**동민**  진짜 그랬어?

**주동**  과장이야! 과장, 저렇게 안 말했어.

**종근**  야! 내가 없는 소리 하냐! 니가 니 입구멍으로 이야기 한 거다. 무슨 과장이야 과장은!! 니가 만년 과장이지~

**주동**  옷이 과한 거 같아서 얘기 좀 해줬어. 좀 심했거든. 브리지어도 다 보이고. 주변 남자들이 다 쳐다봐서 대화를 못 이어 가겠더라고.

**동민**  정말!?!!! (동민 호탕하게 웃는다)

**종근**  대박이지? 이 새끼 이거, 몸매 좋은 여자를 만나 봤어야지. 가슴 크니까 괜히 흥분해서 뻘 소리나 하고, 이놈 사실 가슴 큰 여자 엄청 밝히거든.

**주동**  그만해라! 다 지난 일이다. 대체 언제까지 얘기할래?

**종근**  너 죽을 때까지!

**동민**  주동아, 너 왜 그랬어 진짜! (주동 어깨 치면서)그래서 그 다음에 어떻게 됐어?

남자들의 수다 이어진다.

조명 어두워진다.


1-2

제자


1-2-1

제자의 방문

세인과 미래


중학생 여자아이가 피아노 앞에 서 있다.

세인이 들어온다.

여자아이 보더니 약간 놀란다.


**미래**    안녕하세요~

**세인**    (조심스럽게) 누구세요?

**미래**    덕성여중 2학년 이미래입니다. (손으로 문 가리키며) 문이 열려 있었어요.

**세인**    어…… 그래? 그런데 무슨 일로…….

**미래**    선생님 일은 안 됐어요.

**세인**    그래요. 고마워요. 이렇게 신경을 써주고…… 그런데 너 여기 온 적이 있니? 난 널 처음 보는데…….

**미래**    여긴 처음이에요. 제가 혼자 알아봤어요.

| 세인 | (잠시 딴 생각에 빠져) 어, 고생했네~ |
| 미래 | 제가 선생님의 유일한 제자인데요. |
| 세인 | 미래? 미래라고 했지. 미안한대 우리 남편은 제자가 없어. |
| 미래 | 제가 배웠는걸요. 방배동에서요. |
| 세인 | 방배동? 방배동이라고…… (사이) 어 그래 방배동. 근데 동민 씨는 제자 둔 적 없어. 니가 착각한 거야. |
| 미래 | 피아노 레슨이요. |
| 세인 | 그건 그냥 조금 조언 정도였겠지? 아마. 제자라는 건 그런 게 아니라……. |
| 미래 | 뭐 상관없어요. 선생님이 저를 제자로 생각해 주셨거든요. |
| 세인 | 그런데 무슨 일로 여기까지 온 거니? |
| 미래 | 저 드리고 싶은 게 있어서요. (그림 노트를 하나 내민다) |
| 세인 | 어……. |
| 미래 | 제가 그린 선생님 그림이에요. |

유심히 그림을 본다. 동민을 그린 연필스케치이다.

| 세인 | 고맙다. 잘 그렸네. 실물보다 훨씬 좋은데…… 그런데 이건 니가 간직해 주면 안 될까? 이걸 어디에 둬야 할지 모르겠어. 그림을 보니 맘도 불편하고. |
| 미래 | 저요, 부탁이 하나 있는데요, 쇼팽 발라드를 쳐 주실 수 있으실까요? |
| 세인 | 내가, 쇼팽을……. |

**미래**  선생님한테 들었어요. (손가락으로 피아노 가리키며) 피아니스트였다고요. 그리고 쇼팽을 좋아해서…….

**세인**  넌 좀 무례한 애구나. 그건 다 옛 이야기이고, 피아니스트란 말야, 그런 게 아니라.

**미래**  상관없어요. 선생님이 그쪽 분도 피아니스트였다고 했어요. 한 번 들려주셨으면 좋겠어요.

**세인**  싫다.

**미래**  그림 때문에 온 게 아니라 (세인의 얼굴을 손가락으로 가리키며) 얼굴 뵈러 왔어요.

**세인**  나를? 나를? 왜?

**미래**  선생님 부인은 어떤 분이실까. 늘 궁금했어요.

**세인**  그게 왜 궁금하지?

**미래**  선생님이 사랑한 분은 어떻게 생겼을까?

**세인**  너 피아니스트를 꿈꾸니?

**미래**  그게요, 제가 고민이 좀 있었거든요. 그래서 오래, 조금 오래 고민을 했어요. 선생님도 알고 계셨던 고민인데 답변을 못 드렸어요. 전 피아니스트가 되려고요. 그런데 이젠 선생님이 안 계시네요.

세인 바지 혹은 치맛단을 움켜쥔다.

**미래**  저기요, 선생님 대신 저에게 피아노를 가르쳐주시면 안 될까요?

세인 　내가? 미래가 우리 동민 씨를 많이 좋아했구나. 그런 건 감상적으로 말할 게 아니야. 부모님 의사도 중요하고, 다른 좋은 선생님들도 많아. 맞아, 선생님을 누구를 만나느냐에 따라서…….

미래 　가르쳐 주실 수 없나요? 보니까 더 확신이 들어요. 배우고 싶어요.

세인 　나의 뭘 보고 그러니? 난 가르칠 수도 없지만 가르치고 싶지도 않아. 난 싫단다. 그러니 시간 낭비하지 말고 이 그림 가지고 가렴! 니가 간직하는 게 더 좋을 거 같다. 어서 돌아가렴. 선량한 의도로 왔다고 생각하마. 하지만 넌 좀 이상한 아이 같아. 동민 씨는 누굴 가르친 적이 없어.

미래 　전 도움이 필요해요. 그러니 절 도와주셨으면 해요.

세인 　아니 돌아가!


그림을 들고 서 있는 여자아이.


1-2-2
레슨
동민과 미래
미래와 한동민의 피아노 레슨
마임으로 연주하는 피아노

미래는 피아노 연주를 마임으로 한다.

(피아노 건반을 진짜로 눌러 연주하지 않고 마임으로 피아노 연주)

미래 옆에 있는 동민은 진지하게 들리지 않는 음악을 듣고 있다.


미래의 연주(마임)가 끝나자

동민은 어느 정도 만족하지만 아쉬운 표정으로 바뀐다.


**동민**    음, 나쁜 버릇이 있어. 손의 움직임이 말야. 넘 가벼워. 무겁게 어느 정도 음의 진동을 몸에 전달하는 타건감이 있어야 하는데, 자 이렇게~

**미래**    (과장해서) 이렇게요?!

**동민**    좀 낫다. (더 과장해서 시범을 보이며)

**미래**    전 재능이 없나 봐요.


미래, 손가락으로 권총 형태를 만들어 관자놀이에 발사, 미래는 쓰러진다

동민이 다가와 일으켜 세우려다가 기관총을 발사한다.

그러자 미래가 벌떡 일어나 칼로 손을 긋는 장면을 마임으로 한다.

그러자 놀란 동민이 다가와 칼로 미래의 배를 연속으로 쑤신다.


**미래**    고마해라~ 많이 묵었따~


둘은 재밌어 한다.

미래　개재밌어요.

동민　난 심각한대⋯⋯ 피아니스트가 자기의 재능을 의심하다니⋯⋯.

미래　전 피아니스트가 아닌 걸요.


동민이 미래의 정수리 가운데를 검지손가락으로 지그시 누르며,


동민　피아노를 진지하게 치면 다 피아니스트야. 그리고 내 레슨비가 꽤 비싼 편이다. 그리고 난, 피아니스트에게만 피아노를 가르친다. 흉내 내는 사람은 딱 질색이야. 남들 평가는 중요하지 않고.

미래　이상주의자!

동민　불만주의자!

미래　바보! 저는 피아니스트 아니에요. 선생님, 저 콩쿠르 나가기 싫어요.

동민　오오, 큰일이네.

미래　네. 큰일이죠.

동민　얼마나 남았지?

미래　(손목시계 보며) 341시간 41분 정도요.

동민　긴장과 도피, 자기 의심. 자기혐오. 비겁자이기도 하고⋯⋯.

미래　네네. 비겁해서 비려요. 속이 울렁거려서 피아노를 못 치겠어요.

**동민** 콩쿠르에 왜 나가는 거지?

**미래** 음…… 수능 같은 거죠 뭐. 엄마가 나가라고 해서 나가요. 선생님은 왜 사세요?

**동민** 지옥 가기 싫어서. 지옥 가기 싫어서 산다.

**미래** 썰렁해요.

**동민** 그럼 치지 마!

**미래** 레알 그러고 싶어요.

**동민** 치고 싶을 때까지 절대, 절대, 절대 치지 말자! 치고 싶어 미칠 때까지 절대!

**미래** 엄마가 절 죽일지도 몰라요.

**동민** 땡땡땡. 미래 씨. 지금부터 치지 않기! 치면 우린 끝이다. 알았지? 치고 싶을 때까지 치지 마 절대! 대신 여기에는 와라. 레슨비는 안 받을 게. 아니다. 받을게. 이게 더 중요한 레슨이니까 받아야지. 돈을 안 받으면 의무감이 없으니까.

**미래** 말도 안 돼!

**동민** 그냥 와서 피아노만 보고 있어봐! 이렇게~ (피아노를 이상한 자세로 노려본다)

**미래** 그게 뭐예요?

**동민** 그냥 한 시간 정도! 그것도 길다. 30분 정도 앉아만 있다가 가.

지금부터 시작이다. 자! (자리를 미래에게 내어준다)

**미래** (시킨 대로 해본다) 싸이코 같아요. 싸이코 선생님이 다시 해

보세요.

동민이 피아노 의자에 앉는다.

**동민**  나한테는 무지 어려운 일인데…… 앉으면 너무 치고 싶
어서 말이야. 어떻게 안 치지?!

동민은 가만히 피아노 주시하다가 갑자기 몸을 부르르 떨더니 얼
굴로 피아노를 친다. 얼굴을 일그러뜨리며 친다. 그러다가 어깨로
엉덩이로 피아노 건반을 마구 누르기 시작한다.
미래가 동민이 피아노를 못 치게 막는다. 막다가 동민 입술에 뽀뽀
를 한다.

**동민**  뭐하는 거니?
**미래**  아무 것도요. 그냥 건반 하나 눌러봤어요.
**동민**  싸이코. (약간 멍한 표정)
**미래**  선생님이 싸이코죠. 가만 있어 보세요.

미래가 멍하니 앉아 있는 동민을 그리기 시작한다.
크로키로 대충 그린 남자 모습, 관중들도 볼 수 있다.
그림은 웃기다.
미래는 뭐가 웃긴지 그림을 보며 깔깔 웃는다.
동민도 작게 미소 짓는다.

* 무대 전환 시, 다른 인물들과 사물들은 관객의 시선 밖으로 사라지지만 세인은 이동하거나 의상을 갈아입거나 소품을 바꾸는 모습 등을 관객에게 자연스럽게 노출시킨다.


1-3
스승


1-3-1
스승의 방문
세인과 나선


두 사람 차를 마시고 있다.


**세인**  잘 지내세요?

**나선**  너야말로 잘 지내니?

**세인**  그냥 그래요.

**나선**  음…… 여긴 그대로네.

**세인**  이사 가려고요.

**나선**  좋은 생각이다.

**세인**  저 선생님, 동민 씨 피아노 처분하려고 하는데…… 혹시 피아노 가져가실래요?

**나선**  그럴 수 있겠어?

**세인**  모르겠어요.

**나선**　너도 내게 화가 난 거니?

**세인**　모르겠어요.

**나선**　너 혹시 아직도 그 파리 체류에 대해서 잘못된 결정이라고 생각한 거니?

**세인**　모르겠지만 그때 동민 씨는 파리로 갔어야 했어요. 그랬다면 이렇진 않았을 거예요.

**나선**　세인아!

**세인**　아무 말도 마세요! 적어도 선생님은 막아 주셨어야죠.

**나선**　누굴 위해서?

**세인**　누구긴요?

**나선**　너를 위해서? 훌륭한 피아니스트, 세계적인 피아니스트 한동민을 위해서? 둘 중 누구니?

**세인**　저뿐만 아니라 모두를 위해서요. 선생님도 마찬가지고요.

**나선**　나는 빼줘라! 난 아니다.

**세인**　피아노 선생님이시잖아요. 음악가시잖아요. 누구보다도 얼마나 소중한 기회였는지 아셨잖아요. 저만 고집 부렸던 건가요?

**나선**　세인아, 동민이는 노예생활을 버린 거야.

**세인**　아르헤리치, 루빈스타인, 임동민, 조성진, 손열음 모두 그렇게 살아요. 예술가는 고상한 직업이 아니에요. 예술가 역시 노예처럼 살아요. 가족과 자기를 위해서 삶을 희생한다고요.

**나선**　희생을 원한 거니?

| 세인 | 무슨 말씀이세요? 그렇게 모르세요? |
|---|---|
| 나선 | (집을 둘러보며) 추억이 없는데도 난 이 집이 좋더라. 동민이가 이 집을 얼마나 아끼고……. |
| 세인 | 말 돌리지 마세요! |
| 나선 | 동민이 약 먹는 거 알았니? |
| 세인 | (사이) 네. 알아요. |
| 나선 | 아기를 갖고 싶었던 것도? |
| 세인 | 선생님, 그건 그냥 농담이에요. 괜히 그런 거예요. 그이가 원래 어려서부터 외로움을 타서 그런 거라고요. |
| 나선 | 진지하게 원했어. 간절히. |
| 세인 | 핑계예요. 핑계! 그리고 파리에 가서도 아이를 가질 수 있었다고요. |
| 나선 | 아니! 너는 그러질 않았을 거야. |
| 세인 | 선생님을 원망하진 않았는데 정작 미워하는 쪽은 선생님이시네요. 저를 원망하시네요. |
| 나선 | 너, 동민이가 왜 약을 먹었는지 아니? |
| 세인 | 제 고집, 제 욕망, 저의 속물근성 때문이겠죠. 그거죠? |

나선 고개를 젓는다.

| 세인 | 그인 스무 살 때부터 약을 먹었다고 했어요. 콩쿠르에 대한 두려움 때문예요. |

나선 고개를 젓는다.

**나선**    아니 동민이가 거짓말 한 거다. 약은 최근에 먹은 거야.

나선 왼손을 들어 올리더니 새끼손가락을 미묘하게 떤다.

**나선**    떨리기 시작했어. 균열이 간 거야. 이제 새로운 인생을 준비할 때가 된 거였지. 자존심 때문에 너에게도 말 못 한 거고. 파리나 뮌헨이 아니라, 고독이나 탐구가 아니라 저 높은 계단에서 내려오는 거, 내려와 사람들과 더불어 사는 거. 그런데 너 땜에 내려오지 못하고 있었던 거야. 본인도 두려웠고 말야.

나선은 세인의 손을 잡는다. 세인, 손 뿌리치며 자리에서 일어난다.

**세인**    아니에요. 제가 알아요. 그이는 시작도 하지 않았다고요. 아직 날개를 펴지도 않았어요. 아직 그의 음악을 들어보지 못한 사람이 많았다고요. 그건 단순한 불안 증상, 우울 뭐 그런 잡다한, 아주 잡다하고 쓸모없는 불안, 예술가들이면 다 갖고 있는 그런 거요. 특별한 것 같지만 알고 보면 평범한 불안. (사이) 일시적인 침체기일 수도 였다구요.

**나선**    평범한 불안도 있니? (잠시) 이사는 가도 좋겠다. 여긴 동민이 흔적이 너무 많지. 내가 보기엔 이 집 처리하고 여행을 다녀와도 좋을 거 같아. 너 늘 여행가고 싶다고 했잖아.

**세인**    다 지겨워.

나선이 세인을 안는다. 천천히 등을 다독여 준다. 천천히.
세인은 허공을 무섭게 응시하고 있다.

**나선**    피아노는 나도 생각해 보마! 무엇이 더 좋을지.

**세인**    아니에요. 제가 가지고 있을게요.

**나선**    그래? 생각이 바뀌었니? 그래 그렇게 해. 나는 아무래도 좋으니까. 이 피아노는 동민이의 것이기도 하지만 너의 피아노이기도 하니까. (사이) 너, 동민이가 무슨 노래 좋아하는지 아니?

**세인**    보리수요. 슈베르트의 보리수

**나선**    너도 참…… (웃기 시작한다) 너도 참…….

음악 나온다. 심수봉의 '사랑밖에 난 몰라'가 나온다.

1-3-2
스승과 제자
동민과 나선

심수봉 노래가 계속 이어지고 동민이 마치 오페라 음악을 감상하 듯 진지한 포즈와 표정으로 음악을 듣고 있다. 노래의 선율에 맞 춰 스승 나선에게 진지하게 설명해 준다. 약간 몸을 흔들기 시작하 며 심수봉 노래가 어떤 감정 상태에서 흘러가고 있는지를 자세히 설명한다. 스승 나선은 얼이 빠져 미친 사람 보듯 동민을 한심하게 쳐다보고 있다.

나선    그만! 그만! 이건 모독이다. 모욕이야! 지금 시기는 슈만 을 탐구하는 기간이야. 고독한 철학자를 탐색하는 기간 이라고. 한동민, 한동민, 너 미쳤냐?! 아님 반항이니?

동민    조금만 더요. 거의 다 끝나가요. 마지막은 온갖 애교를 다 모으지만 깃털처럼 가볍게~ 새끼손가락 끝에 살짝 크림을 묻히듯 이렇게요~ 어떠세요? 너무 우아하고 아 름답고, 아름답고, 생의 활력으로 가득하죠.

나선    나 지금 집에 가도 되지? 아니다. 나 다리에 힘이 빠졌 다. 택시 좀 불러줄래? 내 제자가 이렇게 미쳐 버리는구 나! 참······.

동민    선생님, 음악은 다 같은 거예요 .

나선    미친놈도 다 똑같이 미친 거지. 저리 가라! 음악을 우습 게보면 안 된다. 음악을 우습게 보다니! 넌 도대체, 이 중 요한 시기에 이렇게 시간을 낭비할 여유가 있니? 진짜 제정신이야?

동민    선생님, (사이) 도이치 그라모폰에서 연락이 왔어요. 슈만과 쇼팽 음반을 내고 싶다고요. (동민 활짝 웃으며 두 팔을 벌려 나선에게 다가간다) 선생님, 근사하죠?!

두 사람 감격해서 포옹한다.

**나선**　　미친놈! 이 미친놈!

포옹은 춤으로 바뀌면서 같이 심수봉 노래를 부른다.
나선은 감격해서 눈에 눈물이 맺히기도 한다.
발에 힘이 빠져 춤을 추다가 바닥에 주저앉는다.
동민이 그녀를 부축하면서 사랑스럽게 내려다본다.
두 사람 웃는다.

**나선**　　미친 놈!

1-4
이웃의 방문

1-4-1
이웃사람
이장 윤두와 세인
무소르그스키의 전람회의 그림 중 일부가 나오고 있다.
세인, 동민과 찍은 사진을 보고 있다. 찻잔 세트 놓여 있다.

초인종 울린다.


**세인**   누구세요?

**이장**   이장입니다.


문 열어주지 않고 문 앞에 서서,


**세인**   무슨 일이세요?

**이장**   아무 일도 아닙니다. 그냥 지나는 길에 들렀습니다.

**세인**   네에.

**이장**   그럼 여기 두고 가겠습니다.

**세인**   뭘요?

**이장**   귤입니다. 날이 좋네요. 안녕히 계세요. 저, 뒷뜰 정리 좀
         하셔야겠어요. 풀도 그렇고 뒤에 무너진 담으로 들고양
         이들이 우르르, 나중에 발정기라도 오면 꽤나 어수선하
         겠습니다.

**세인**   감사합니다. 하지만 괜찮아요.


세인 문을 열어 까만 봉투를 집는다.

잠시 망설이다가, 가고 있는 이장을 향해 말을 건다.


**세인**   저, 이장님! 이장님! 잠깐, 들어오실래요?

돌아가던 중이었다가(무대 뒤편이라 보이지 않는다) 세인의 말 듣고 돌아온다.

인사한다.


**이장**　안녕하세요~


이장 문으로 들어온다.


**이장**　안녕하세요. 이장 윤두입니다. 뒤뜰 상태가 심각한대요. 괜찮으시면 제가 정리를 해드릴 수도 있습니다.

**세인**　괜찮습니다. 신경 안 쓰셔도 돼요.

**이장**　들고양이가 새끼를 낳았어요. 좀 성가실 수도 있어서 어떻게 좀 해야 할 거 같습니다.

**세인**　괜찮아요. 곧 이사 가려고요.

**이장**　아, 이사요? 그러시구나~ 아~ (혼잣말) 이제 연주자님도 안 계시니까…… 그러셔도 손을 보셔야 집이 더 잘 팔리실 겁니다. 집 외벽도 너무 칙칙해서리 집이 아니라 이건 뭐 (혀를 차며)…… (결례인 줄 알고 자기 입술을 때리며) 죄송합니다!

**세인**　(검은 봉투 보며) 귤이라고요?

**이장**　가을입니다. 귤철. 연주자님이 귤 좋아하셨어요.

**세인**　연주자님이요?

**이장**　연주자님이요. 왜 그러시죠?

| | |
|---|---|
| **세인** | 아니요. 연주자님이란 말이 어색해서요. |
| **이장** | 아닙니다. 연주자님이 맞지요. 피아니스트라고 해야 하나? 혹 사모님도 귤 좋아하세요? |
| **세인** | 네. |
| **이장** | 귤 드십시오. |
| **세인** | 차 한 잔 하실래요? |
| **이장** | 괜찮을까요? |
| **세인** | 괜찮습니다. |

세인 찻잔을 가져와 차를 따라준다.

| | |
|---|---|
| **세인** | 국화차예요. 향이 은근하고 귤처럼 가을에 좋은 거 같습니다. 제철과일처럼 제철 차 같은 겁니다. |
| **이장** | 아, 국화차? (미소) |

어색하지만 우아하게 차를 마시려고 한다.

| | |
|---|---|
| **이장** | 연주자님 일은 안됐습니다. |
| **세인** | 뭐, 시간이 흐르겠죠. |
| **이장** | 저희 마을에 그렇게 유명하신 분이 계시다는 게 전 늘 좋았습니다. |
| **세인** | 그런가요? |
| **이장** | 그럼요. 앗 뜨거! (차를 흘린다) |

주머니에서 손수건 꺼내서 닦는다. 닦고는 귤봉투에 손 가져간다.

이장이 귤을 까서 세인에게 준다. 자신도 하나 까먹는다.

둘 사이에 서먹한 분위기가 감돈다.

음악만 들려온다.

**이장**  무소르그스키의 전람회의 그림이네요.

이번에는 세인이 차를 마시다 놀란다. 차를 흘린다. 이장이 손수건을 건네지만 받지 않는다. 이장 어색하게 손수건 잡고 있다가 주머니에 넣은 다음, CD 음반 몇 장을 점퍼 속주머니에서 꺼낸다. 동민의 음반들이다.

**이장**  저희 마을에 세계적으로 유명한 피아니스트가 살고 있는데 이장으로서 책임감도 있고, 연주자님이 직접 주신 음반인데다가 자꾸 들으니까 이게 뭔가 좋더라고요. 저희 엄니도 요즈음은 같이 듣기도 합니다. 웃기죠? 엄니가 처음에는 막 욕하시다가('씨부럴 씨부럴','니미, 니미 어지럽다 끄래!') 요즈음은 홍시 까먹을 때 들으면 좋다고 하시네요. 선생님 연주는 뭐랄까…… 심오해요. 아득히 저…… 저 멀리 아득히, 연주자님이 저랑 소주 드시면서 하신 말씀이 있으신대 제가 적어놨어요. (메모를 바지에서 꺼낸다. 더듬더듬 읽는다) 음, 음악은 영혼의 날개이다. 그 날개는 우리를 아득히 먼 곳으로 데려다 준다. 그 날개를 꺾지

말아다오 악령들아~ 악한 망령들아~ 좆 같은 씨부랄 놈
들아~ (사이) 뒤에 욕은 제가 추가한 겁니다. (메모 주머니에
집어넣는다)

세인    주머니에 많은 걸 넣어가지고 다니시네요.

이장    주머니가 많아서…….

세인    남편이랑 술도 드셨나요?

이장    (혀로 딱 소리낸다) 소주 각 일병. (눈치 보며) 그게…… 죄송
        합니다. 아니 제가 꼬신 거, 제, 제가 먹자고 한 거 아닙
        니다. 오해 없으시길 바랍니다. 맹세합니다. 전 막걸리지
        소주 잘 안 마십니다.

세인    참 신기하네요. 마치 제 남편이 아닌 다른 사람이야기
        같아요.

이장    저도 신기해요. 연주자님과 술도 먹고. (피아노로 시선 옮기
        더니 벌떡 일어나며) 저 피아노군요?

세인    저랑도 한 잔 하시죠.

이장    네? (놀라) 지금이요?

세인    아니요. 다음에요.

이장    좋습니다. 두 분 다 엉뚱하시기는 다음에 제가 두부 삶
        아오겠습니다. 어머니랑 같이 와도 될까요? 무랑 고구마
        도 좀 드릴게요.

세인    고구마는 괜찮고 술 드시러 오시죠. 뭐, 이사 가기 전에.

이장    네? 이사~ 그죠 이사! (화제 바꾸며) 저 피아노군요.

피아노에 다가간다. 피아노 만진다.

**세인**   죄송한대 이장님! 피아노 만지지 말아주세요!

**이장**   죄송합니다. 정말 죄송합니다. (고개 숙여 사과한다) 이거 보니까 연주자님 모습이 떠올라서.

**세인**   귤 참 맛있네요. 귤 참 맛있어요.

**이장**   사모님은 피아노 안 치시나요?

세인은 대답하지 않고, 귤을 거칠게 움켜쥐어 터트린다. 손에서 과즙이 흘러나온다.
이장은 세인의 이런 모습을 보지 못하고 관중석 혹은 피아노로만 시선을 주며 말한다.
다른 상상에 빠진 상태이다.

**이장**   죄송한데요, 실례가 안 된다면 제가 피아노를 연주해도 될까요?

말없는 세인.

**이장**   저도 좀 배웠습니다. (자세를 잡으며) 이 앞에 앉으니 기분이 이상하네요.

**세인**   (단호하게) 치지 마세요! 건드리지 말라구여. (흥분을 가라앉히며) 그 피아노 그냥 두시라고요~

**이장**    죄송합니다. 제가 주제 넘었죠. (피아노에서 물러나며) 정말 죄송합니다.

세인 말 없다. 세인은 이장이 아닌 피아노를 응시하고 있다.

**이장**    죄송합니다. 제가 분수도 모르고 쉬십시오. 저는 이만 가겠습니다.

세인 피아노를 보며 말이 없다.
이장 가려다가 문 앞에서 다시 세인을 보더니
주머니에서 하모니카 꺼내서 불기 시작한다.

세인 천천히 귤 하나를 천천히 까먹기 시작한다.
조명 꺼진다.


1-4-2
이웃사람
이장과 한동민


멍하니 있는 한동민
악보를 멍하니 보고 있다. 왼쪽 손을 떤다.
악보를 노려보다가 악보를 찢어버린다. 격한 감정이다.
잠시 후, 차분해지긴 하지만 감정을 잘 가라앉히지 못하고 안절부

절이다.

초인종이 울린다.


**동민**   누구세요?

**이장**   저 을지리 이장입니다 지나가다가~

**동민**   제가 지금 바빠서 나중에 오세요!

**이장**   귤이 맛있어서요.

**동민**   제가 좀 바빠서. 나중에 오세요!

**이장**   뒷담벼락이 무너졌어요.


동민, 화가 나 문을 열다.


**동민**   이것 보세요! 저희집 일은 저희가 알아서 할 테니까요. 그냥 가세요.

**이장**   그래도 이웃이란 게……

**동민**   됐다고. 못 알아들어요. 됐다고!

**이장**   (말 더듬으며) 결례가 됐군요. 그럼 귤이라도 그냥, 귤이 맛있어서…….

**동민**   말귀 못 알아들어! 꺼지라고!


뿌리치다가 귤봉지에서 귤이 떨어져 데굴데굴 굴러간다.


**이장**   아이고, 이런!

이장이 귤 줍기 시작한다. 그 모습 보다가 마지못해 동민도 같이 귤을 줍는다.


동민　죄송하게 됐습니다. 귤은 잘 먹겠습니다.

이장　무, 무슨 고민이 있으신가요?

동민　뭐, 좀…….

이장　음악가시죠?

동민　네. 뭐 피아노 칩니다. 죄송한데요. 제가 피곤해서,

이장　네. 들었습니다. 지나가다가도 듣고, 경운기 타고 가다가도 듣고, 밤에도 듣고, 비 올 때도 듣고, 밖에 들고양이들도 열심히 듣고 있는 거 알고 계시나요? 저 담벼락에 나란히 앉아서는, 그 모습이 어찌나…….

동민　고양이요?

이장　참 대단하세요.

동민　제가 좀 피곤해서 귤 잘 먹겠습니다.

이장　이거 터졌네요. 이런 건 지금 먹어야 합니다. 자 아~ (먹여주려고 내민다)

동민　참 귀찮은 분이시네요.


마지못해 먹는다.

성가시고 부담스런 표정으로 귤을 어그적어그적 씹는다.

억지로 넘긴다.

**동민**  맛있네요.

**이장**  맛있죠. 잠시 앉아도 될까요?

**동민**  아 네……. (무슨 말을 못 찾는다. 표정이 어둡다)


어색한 분위기

이장은 집안을 둘러본다.

이장과 한동민 조용히 귤을 까먹는다.

먹으면서 서로의 이름 얘기한다.

조곤조곤 이야기를 이어간다.

조명 어두워진다.

# 2악장. 생일파티

2-1

이사한 여자

권나선이 꽃다발과 생닭(검정봉지)을 사들고 세인의 새 집을 방문
한다.

조용히 문에 서 있는 스승

세인   용서해 주시는 거죠?

나선   그래 알았어. 알았다고! 용서하고 말고가 어딨니?

세인   정말이시죠?

나선   그래. 문 열어라.

세인   (문 열며) 들어오세요~

나선   이 집 들어오기가 이렇게 힘든 거니?

세인   죄송해요.

나선   그래 알았어. 이 꽃이나 받아라.

세인   감사합니다. 여기 좀 앉으세요~ 차 드릴까요?

나선   물이나 한 잔 주렴. 길을 잘 못 찾아서 혼났다.

세인   (물 건네며) 여기요~


나선, 물을 벌컥벌컥 마신다. 피아노 바라본다.

**나선**   피아노는 잘 있네.

**세인**   네. 선생님, 그런데 피아노 가져가 주실래요?

**나선**   생각이 바뀌었니?

**세인**   네. 그게 좋겠어요.

**나선**   집은 좁다만 그래 내가 가져가마. 근데 저걸 둘 자리가 있으려나~ 생각해 보니 큰 일이 되겠는데……

**세인**   부탁드려요.

**나선**   그래. 저 악기도 많이 늙어서 나랑 궁합이 잘 맞을 거는 같네. 낡고 늙은 것들! 쓸모없는 것들!

**세인**   무슨 말씀이세요?

**나선**   나도 늙었나보다. (미소) 이런 소리가 절로 나와.

**세인**   협회에서 연락이 왔어요.

**나선**   나도 연락 받았다. 거절했니?

**세인**   거절했어요.

**나선**   잘했어. 자꾸 죽은 사람 이름 쓰지 말자! 그냥 쉬게 두자.

**세인**   동민 씨라면 거절 안 했겠죠?

**나선**   나야 모르지.

**세인**   동민 씨라면 거절 안했을 거예요.

**나선**   그랬을까?

**세인**   네. 동민 씨는 저처럼 안했을 거예요.

**나선**   세인아!

**세인**   전 이기적이니까요.

**나선**   니가 현명한 거야. 그놈은 그냥 좀 그래. 음악밖에 몰라.

| 세인 | 저 선생님! (말하려다 주저) |
|---|---|
| 나선 | 왜? |
| 세인 | 선생님, 동민 씨가 자살한 걸까요? |
| 나선 | 너 무슨 말을 하는 거니? |
| 세인 | 사고가 아닐 수도 있다는 생각이 들어요. 어쩌면! |
| 나선 | 아니야. 아니야. |
| 세인 | 그 사람도 욕심이 있었잖아요. 야망, 아니 순수한 꿈이 있었잖아요. |

나선, 세인을 안는다.

| 나선 | 인생은 알 수 없는 거야. 알 수 없는 것 투성이야! |
|---|---|
| 세인 | 전 뭘 할지 모르겠어요. 뭘 시작해야 할지, 어떻게 살아야 할지. 시간이 멈춰 버렸어요. 그가 사라진 후 시간은 멈춰서 일초도 움직이지 않아요. 그 사람 하나만 사라진 게 아니라 그이가 제 인생까지 다 가져가 버렸어요. 모조리요. 전 어떻게 할지 모르겠어요. 선생님! 전 누구죠? 전 어떤 사람인거죠? 그이가 있을 땐 모든 게 정상이었는데……. |

나선, 세인의 등을 쓰다듬는다. 잠시 후 포옹한 몸을 풀고,

| 나선 | (긴 사이) 난 늘 엄격했어. 엄격했지. 모질고 단호하고, 용 |
|---|---|

서도 타협도 몰랐지. 그렇게 살았어. 내 인생은 그저 피아노 앞에 있었던 거였어. 그 앞에서 모든 걸 보려고 했어.

나선, 작은 소리로 심수봉의 '사랑밖에 난 몰라'를 불러준다.
노래 끝내고,

**나선**  내가 부탁이 하나 있다. 거절하면 안 된다.

**세인**  뭐요? (나선 품에서 벗어나)

**나선**  이거.

검정 봉투 내민다. 나선 열어본다. 생닭이다.

**세인**  이게 뭐에요?

**나선**  세인아! 나 닭도리탕 만드는 거 가르쳐 줄래?

**세인**  모르세요?

**나선**  음. 모른다. 난 요리사가 아니라 학자다. 음악학자지.

**세인**  이건 기본인데요.

**나선**  나 지금 집에 가도 되지? (불편한 표정으로 일어선다)

**세인**  아니요. 그런데 갑자기 닭도리탕은?

**나선**  내가 요리를 해줄 일이 있어. 닭도리도리탕. 그래서 그래.

**세인**  닭도리도리탕?! 수상한데요.

**나선**  수상하지. 맞아 수상한 일이야. 비밀이야. 비밀. 나중에

애기해 줄게

세인    선생님 혹시?

나선    비밀이라 했다. 그래서 이거 가르쳐 줄거니? 안 줄거니?

세인    선생님 말투 나왔다. 그 말투.

나선    어서 결정해! 당장 어서!

세인    따라 오세요~


세인이 나선과 요리 재료를 준비한다.

준비하며 세인이 나선에게 재료와 도구들을 읊어준다.

나선, 재료와 도구들을 따라서 읊는다. 요리준비를 한다.


한창 요리 준비를 하다가 나선은 사과 하나를 들고 무대 중앙으로 온다.

막간극이 시작된다.


### [막간극]

*종근, 주동, 미래, 나선이 무대 중앙에 서 있다. 각자 사과를 들고 있다.*

*각자 사과를 제자리에서 위로 던지고 떨어지는 사과를 잡는다.*

*반복한다. 그러다가 다들 우악스럽게, 게걸스럽게 사과를 먹는다.*

*사과즙이 입술 밖으로 흘러내릴 정도로 걸신들린 사람처럼 먹는다.*

*다 먹고 남은 사과 조각을 떨어뜨리고 발로 밟는다.*

각자 엉덩이로 자기 이름을 쓰기 시작한다.

다 쓰고 나면 휘파람을 불고 목을 가다듬는다.

네 명의 중창이 이어진다.

세자르 프랑크의 '생명의 양식'을 중창으로 부른다.

차분하게 노래하다 노래 클라이맥스에서는 서로 뒤엉켜 노래하는

데 입맛 벙긋거리며 노래하고 몸이 뒤엉키며 기괴한 동작들을 반

복하게 된다.

그러다 모두 쓰러진다. 죽은 짐승들 같은 모습처럼 쓰러진다.

암전.


2-2

생일파티

편지


초인종 울리고 세인이 대답하고 문으로 가면

나선이 요리를 마무리한다. 나선의 공간은 어두워진다.


세인이 문 앞에서 택배기사에게 택배를 받는다.

포장이 이쁜 상자와 편지가 동봉됐다.

세인이 편지 먼저 읽기 시작한다.


내용은 무대 다른 한편에서 낭독된다.
무대 한 켠에 조명 들어오며
이장 윤두가 나레이션을 한다.


이장 윤두:
이장 윤두입니다. 잘 지내셨어요?
이사하셔서 마을이 썰렁하네요.
집은 잘 있지만……
새로 이사 온 부부는 교양머리도 없고
특히 남편이 정말 형편없습니다.
들고양이들이 많이 짜증이 나 있는 상태에요.

생일선물입니다. 묵직하죠?
권나선 여사님을 통해 주소도 알고 잘 사신다 들었습니다.
선물은 반들반들한 요강입니다.
우습죠? 하지만 정말 귀한 물건입니다.
버리시면 안 돼요. 정말 버리시면 섭섭할 겁니다.

어릴 적 기억에 저희 엄니가 항상 이웃이나 친척들에게 요강을 선물하셨는데요.
저도 따라 하게 되네요.

엄니가 이사 가면 제일 중한 게 이거여, 이거, 요강, 하며 말이죠.

억수로 민망하죠!!

용변 보시라는 거 아닙니다.

그리고 절대 장식물도 아닙니다.

그냥 이건 좀 안심이 되는 물건이에요.


무슨 일이 생겨도 용변은 볼 수 있으니까요.

도자기 형태의 부적이라고 하면 될까요?

요강을 가만 보면 좀 마음이 편하달까요?

어디 창고에 두셔도 되는데

피아니스트가 사는 집이라면

당연 피아노가 있어야 하겠고

사람 사는 집이라면,

한국사람 사는 집이라면

요강 하나는 있어야 한다고 전 생각합니다.


진짜 이사 가셔서 아쉽습니다.

언제라도 다시 이사 오셔도 됩니다.

언제가 됐든지요~


마을이 썰렁합니다.

세상에 모든 음악이 사라져 버린 거 같아요.

들고양이들이 많이 짜증이 나 있는 상태입니다.

*건강히 잘 지내세요~*
*뭐니뭐니해도 건강이 제일입니다.*

*그리고*
*그리고*
*행복하세요~*
*이장 윤두 드림*

편지 다 읽고 세인이 포장을 뜯는다. 요강이다.
세인 미술품 보듯 요강을 보다가 요강에 앉아 본다.
앉아서 눈 감아본다. 미소 짓는다.
왠지 모르게 웃기다.

**세인**　　미쳤어. 미쳤어.

요리하던 나선이 세인에게로 온다.

**나선**　　세인아, 너 뭐하는 거니?
**세인**　　시원해요

세인 일어나 요강을 들더니 테이블 아래에 숨겨 두듯 내려놓는다.

**나선**　　세인아, 너 정말~

다시 초인종 울린다.

**세인**      누구세요?

대답이 없다. 여러 번 불러도 대답 없자 조심스럽게 문을 연다.

생일용 폭죽이 터진다.
놀라는 세인과 나선
숨어 있던 미래, 종근과 주동이 케이크와 꽃다발, 과일을 들고 서
있다.
세인 놀란다.

**세인**      이게 다 뭐예요?
**주동**      생일 축하합니다. 세인 씨!
**세인**      어떻게?
**나선**      내가 첩자인거 몰랐지? 세인아~ 이렇게 숨어 있으면 모
를 줄 알고 생일을 혼자 보내면 쓰겠어.
**종근**      그럼요. 자 어서 생일파뤼 해봅시다~
**미래**      멋져요. 우리 춤도 춰요!
**나선**      뭐 춤?
**주동**      춤도 좋네요.

방문자들이 생일상을 만드는 동안 (과일과 케이크, 술을 세팅한다.

꽃도 꽃병 위에 꽂아 분위기를 낸다) 세인은 그들과 거리를 두고 그들을 쳐다만 본다.

그들끼리 정신없이 분위기를 즐기고 있을 때 세인은 머리를 고통스럽게 감싸쥐고 가슴을 움켜쥐더니 바닥에 천천히 주저앉는다.

잠시 주저앉아 있다가 피아노 쪽으로 천천히 이동해 피아노 앞에 멈추어 숨을 고른다.
주머니에서 칼을 꺼내 손을 긋는다. 바닥에 피가 떨어지며 세인 쓰러진다.

사이.
사이.
사이.

손님들은 왁자지껄 생일파티를 준비에 몰입해 있어 세인이 쓰러진 걸 눈치채지 못한다. 그런 중에 미래가 시선을 돌려 세인이 쓰러진 것을 발견하고 비명을 지른다.

**나선**  무슨 일이니?!!

**종근**  세상에 뭐야?!

**주동**  (지금까지와는 다른. 짜증난 말투로) 아 저 미친 년! 또 시작이네. 야! 야! 일어나! 생쑈하지 말고, 어서! 미친 년!

모두들 주동을 쳐다본다.

암전.

# 3악장. 진실

3-1
입원한 여자
의사와 세인

맥박탐지기 작동하는 소리 들린다.
조명 들어오면 병원 침대가 보인다.

병원 침상에 누워 있는 여자
의사가 들어온다.
** 의사는 한동민을 연기했던 배우가 의사 가운을 입고 등장한다.

**의사**     정신이 들어요?

세인, 희미하게 눈을 뜬다.

**의사**     저 보이세요?

세인 고개를 끄덕인다.

**세인**     여긴 어디죠?

**의사**  병원이에요.

**세인**  어떻게?

**의사**  다행히 응급조치가 잘돼 큰 출혈은 없었네요. (차트를 훑어본 후 세인을 지긋이 내려다보며) 이번이 세 번째시네요.

세인, 말없이 다른 곳으로 시선을 돌린다.

**의사**  견디기 힘드세요? (사이) 제가 괜한 질문을…….

세인 말없다.

**의사**  저, 가족이나 친척?

**세인**  없어요.

**의사**  친구는요?

세인 고개를 젓는다.

**의사**  심각한 겁니다. 별도의 관리가 필요한 단계입니다. 단순히 신경쇠약으로 볼 수가 없어요. 제 말 들으시나요? 환자분 중요한…….

**세인**  네. 듣고 있어요.

**의사**  환자분 데리고 온 사람들이 이상한 이야기를 했습니다.

**세인**  이상?

**의사** 남편이 피아니스트세요?

세인 대답 없다.

**의사** 남편분이 피아니스트 한동민이세요?

세인 대답 않는다.

**의사** 남편분 성함 서기주 씨 맞죠?

세인 멍하니 의사를 쳐다만 본다.

**의사** 채권자들 제가 돌려보냈습니다. 여기 와서 당신 위협할 일 없을 겁니다. 걱정 마세요. 이제 안심하셔도 됩니다. 병원 경호팀이, 그러니까 제 말은 걱정 마시고 푹 쉬시라고요. 잠도 많이 자고 입맛 없어도 밥 꼭 드시고요. 근데 진짜 가족 없으세요?

**세인** (대답 없다)

**의사** 힘드신 건 아는데…… 네. 또 오겠습니다. 쉬세요. 그런데요 요즈음은 예전 같지 않아서 당신에게 도움 되는 게 있을 거예요. 저도 알아봐 드리죠. 근데 가족이나 지인분이 계셔야 제가 도와드려도…….

**세인** 저, 병원에 피아노 있나요?

56

**의사**   피아노요?

세인 고개 끄덕인다.

**의사**   제가 알기론 삼층 휴게실에 있을 거예요.
**세인**   삼층이요?
**의사**   네. 근데 왜 그러시죠?
**세인**   아니에요. (자기만 들리는 소리로) 피아노가 있음 됐어요.

의사 퇴장한다.

무대가 서서히 어두워졌다 밝아지는 사이
세인 일어나 환자복에서 일상복으로 갈아입는다.
집안이 지나치게 어둡다.

3–2
텅 비고 어두운 집
혼자 있는 세인

세인 집안 청소한다. 묵묵히 집중해서 청소한다.
청소 마지막에 촛불을 켠다.
그 촛불을 가만히 보다가 주머니를 뒤져 담배를 꺼내 피운다.
조금 피다가 그만둔다. 흡연이 서툴러 기침만 연신한다.

세인     (혼잣말) 이제 어떻게…… 어떻게…….

핸드폰 울린다. 세인 전화 받는다.

세인     당신이세요? (건조한 목소리, 크게 심호흡을 한 후) 왜 아직 안
        오고요…….

동민(v.o)  목소리 듣고 싶어서

세인     장난치지 마요!

동민(v.o)  진짠데…… 오늘 일이 있었어. 여보.

세인     와서 저녁 먹으면서 얘기해요. 난 그저…….

동민(v.o)  당신 뭐 먹고 싶어?

세인     (침묵)

동민(v.o)  왜 말이 없어. 마지막 기회야, 후회하지 말고 생각해봐~

세인     없어요. 여보! 그냥 빨리 와요. 여기 모든 게 있어요. 부
        족함 없이 있다고요.

동민(v.o)  정말 없어? 나중에 딴소리하기 없기다.

세인     아니요. 없어요. 난 그저 당신이 무사히 왔으면 해요.

동민(v.o)  괜한 걱정은~ 알았어.

세인     네.

동민(v.o)  근데 여보 나, 사실은 오늘은 못 갈 거 같아. 일이 있어.
        하지만 내가 최대한, 최대한 금방 갈게. 당신 좋아하는
        거, 아 맞다 당근 케이크, 내가 당근 케이크 사들고 갈게!

전화 끊기는 소리

**세인**    (들릴 듯 말 듯, 떨리는 목소리) 여보, 여보! 지금 와요 제발~

여자 촛불을 멍하니 바라보다가 후, 바람을 불어 끈다.

# 4악장. 방문자들

4-1

이웃사람

이장 윤두와 세인

무소르그스키의 전람회의 그림 중 일부가 나오고 있다.

세인, 담배 다 피운 후 동민과 찍은 옛 사진을 보고 있다.

초인종 울린다.

**세인**  누구세요?

**이장**  이장입니다.

문 열어주지 않고 문 앞에 서서.

**세인**  무슨 일이세요?

**이장**  문 열어봐요.

**세인**  (문에 기대서) 이렇게 찾아오시면 곤란합니다.

**이장**  (문을 거칠게 두드리며) 거기요, 얼굴 좀 봅시다. 이봐요. 사
람이 왔으면 문 열어봐요. 문!

**세인**  (닫힌 문을 등지고) 제 입장 아시잖아요.

**이장**  (문을 더 강하게 두드리며) 문 열어봐요. (강한 어조로 바뀌어) 문

열어!

사람이 왔으면 문 열라고!

세인 조심스럽게 문을 연다.

수척한 얼굴에 이장 얼굴이 보인다.

세인 고개 숙여 인사한다.

**세인** 안녕하세요.

**이장** (멍하니 쳐다본다)

**세인** 들어오세요!

이장 차분하게 들어온다. 검정봉투를 들고 있다.

**이장** 안이 어둡네요.

**세인** 어두운 게 좋아요.

**이장** 텅 비어 있고요.

**세인** 은행에서 다 가져갔어요.

**이장** 그쪽 얼굴 한 번 보려고 왔어요. 어떻게 지내나?

**세인** 보시다시피 이렇게 (사이) 앉으세요.

**이장** (앉는다) 그래요 앉읍시다. (주변을 돌아보며) 기분이 이상하네요.

**세인** 차 드실래요?

**이장** 됐습니다.

말 없는 두 사람

이장 초조하게 다리를 떤다.


**세인**  죄송합니다!

**이장**  집이 집이 아니네. 머리도 좀 하셔야 할 거 같고…….

**세인**  엄두가 안 나네요.

**이장**  고양이들이 늘어났더군요. 새끼를 또 낳은 거 같아요.

**세인**  밤마다 고양이들이 늘 울어요.


이장이 갑자기 울기 시작한다.


**이장**  전, 왜, 지금, 어떻게 해야할지 모르겠네요. 너무 막막해
      서 뭘 어떻게 해야 할지 모르겠다고요.

**세인**  죄송합니다.

**이장**  나는요 어려서부터 다른 꿈이 없었어요. 거창한 꿈 그런
      거 없이 살았어요. 그런데 내가 왜 그랬을까요? 그분이
      왜 저에게…….


세인 어떻게 할 줄 몰라 자리에서 일어선다.


**세인**  다시 시작할 수 있을까요?

**이장**  모르겠어요.

**세인**  저도 잘 모르겠습니다.(검은 봉투를 보며) 뭘 가져오셨나요?

| 이장 | 그쪽이랑 술 한 잔 먹고 싶었어요. 근데 됐습니다. 당신 얼굴 보니 술맛이 나지 않네요. |

이장    그쪽이랑 술 한 잔 먹고 싶었어요. 근데 됐습니다. 당신
       얼굴 보니 술맛이 나지 않네요.

세인    같이 드시죠. 술 하시죠.


이장 가져온 검정비닐 봉투에서 막걸리와 귤 꺼낸다. 세인은 지켜
만 본다. 이장이 종이컵에 막걸리를 따르는데 긴장한 탓인지, 멍한
탓인지 잔에 막걸리가 넘치기도 한다. 잔을 세인에게 건넨다. 세인
잔을 받고 이번에는 세인이 막걸리병을 들고 이장에게 따라준다.
잔에 막걸리가 넘친다.


세인    죄송해요.


이장 원샷으로 술을 마신다. 세인은 마시지 않고 술잔을 들고만
있다.
이장 혼자 술을 따라서 다시 원샷으로 마신다.


세인    천천히 드세요. 귤 드세요.

이장    (귤 건네며) 저는 됐습니다. 귤 드세요. 작년보다 더 당분이
       높아 맛있을 거예요.


세인 천천히 귤을 깐다.


이장    어제 어머니가 쓰러지셨어요. (한숨을 쉰다)

**세인**　제가 어떻게 하길 바라세요?

**이장**　모르겠어요. (사이) 지금도 내가 귀신에 쓴 거 같아.


세인도 술을 원샷한다.


**이장**　 그 땅은 내가…… 그 땅은…… 얼마나, 우리 아부지가……. (말을 잇지 못한다)


세인이 자신의 귤을 까서 몇 조각 그에게 건넨다.


**이장**　나 같은 사람에게 도대체 왜 그런 거예요. 우리 엄니까지 없으면 나는요. 진짜로 (가슴을 치며) 나는요~

**세인**　죄송합니다.

**이장**　다 들어서 아는데 나도 (가슴 치며) 어떻게 살지 모르겠단 말입니다.


세인이 가방을 가져오더니 가방에서 통장을 꺼내 건넨다.


**세인**　이게 제가 드릴 수 있는 유일한 거 같습니다. 다른 분들에게는 절대 말씀하지 마세요!

**이장**　얼마나 있어요?

**세인**　턱없이 부족해요. 그냥 제가 조금씩 모은 돈이에요.

**이장**　이거 주면 그쪽 살 돈은 있어요?

세인 고개를 젓는다.

**이장**   이봐요. 사람 참, 사람 참……

세인이 무릎을 꿇는다.
이장 그 모습 보고 말린다.

**이장**   전생에 무슨 죄를 지었다고 남편 때문에 당신이 그래요.
일어나요. 일어나세요~ 그냥 내 주정 들어주라고요. 어
디 갈 데도 없으니까.

이장 술을 한 모금 마시고 그녀를 애처롭게 보다가 귤 하나를 그녀
에게 던진다.
그녀의 몸을 맞고 귤이 바닥에 또르르 굴러간다.
여자 멍하니 귤을 쳐다본다.
암전.

4-2
늙은 여자의 방문
나선과 세인

온몸에 장신구를 잔뜩 한 중년 여자가 세인의 집에서 차를 마신다.
두 사람 찻잔을 사이에 두고 있다.

| 나선 | 각서 써! |
|------|---------|
| 세인 | 무슨 각서? |
| 나선 | 나한테 앞으로 뭘 줄지. |
| 세인 | 제가 법적 자문을 해보고 연락드리겠습니다. |
| 나선 | 자문? 뭔 법적 자문이야. 니 남편 사기치고 뒤져버린 건대. 마누라인 니가 책임져야지. 뭐 법적?! 니가 나를 모르나 본데, 야 이 개 같은 년아. 너나 니 남편이나 쌍쌍바야. 미친년아, 어디서 우아한 척이야! 남편이 뒤졌건 살았건 니가 책임져야지. 가족이니까 무조건 책임져야지. 어디서 법 타령이야! 내가 법 보다 무서운 걸 아는데 좀 가르쳐줄까? |
| 세인 | 이건 엄연히 협박이세요. |
| 나선 | 협박?! |

나선 담배를 꺼내서 핀다.

| 나선 | 줄까? |
|------|------|
| 세인 | 아니에요. |
| 나선 | 미친년, 우아한 척은! |

나선, 담배를 피우며 말한다.

| 나선 | 난 그 돈 없어도 그만이야. 재미로 투자한 거고 뭐 카지 |

노 갔다 왔다 생각하면 되는데, 니 남편 고 새끼가 한 말들이 있어서 그게 개 같아. 모욕적이고 기분 더러워. 내가 술장사, 기집 장사 나름대로 산전수전 공중전 다 겪은 년인데 니 남편 그 새끼가, 너 전혀 몰랐다고 했지?

**세인**  지금도 믿기지 않아요.

**나선**  딱 보니 인형처럼 인생 수동적으로 산 거 같은데, 남편이 뭐하고 다니는지도 모르고 세상 쉽다 쉬워. 너 같은 년들은 죽었다 깨나도 모르지. 세상의 다른 면은 상상도 못해. 반반한 돌을 들추면 거기에 구더기가 우글거리는 거. 처음에는 돈 잘 벌어다 줬나 보네. 사업이니 뭐니 사기만 친 게 아니라 이년 저년 얼굴 반반한 년들에게 달라붙어 사랑이네 뭐네, 후리고 다니는 것도 몰랐지? 뭐 슈퍼푸드니, 바이오 산업이니 뭐니, 지도 사기당했다고 떠벌리고 다녔다는데 미안한대 순구라야. 너가 잘 몰라서 그러는데 그 새낀 사기 치고도 남을 새끼야. 경찰이 어떻게 알려줬는지 몰라도 개 역삼동 기집 하나 물어서 놀다가 빚지면서 인생 쫌 격하게 꼬였지. 야, 야! 듣고 있어?

**세인**  듣고 있어요.

**나선**  난 아무 것도 몰라요, 나도 어쩔 수 없이 불행해졌어요, 하는 표정 그만 짓고! 그 새끼가 사랑이니 뭐니 똥꼬까지 빨아줄 것처럼 애걸하던 게 생각나서 내가 기분이 더러워. 여기 올 때 니 면상에 침이라도 한 번 뱉어주려고

왔는데 니 꼴 보니 참! 인생 독하게 살라고 이년아! 너도 사기 당한 거야. 불쌍한 년!

**세인** 침 뱉으세요! 그래서 맘이 편해지시면 그렇게 하세요.

**나선** 조강지처 나셨네. 조강지처. 야, 니 남편 왜 자살했는 줄 알아?

세인 나선을 노려본다.

**나선** 눈 커지는 거 봐라. 니가 그 남자를 사랑하긴 하는구나.

**세인** 왜요?

**나선** 나는 짐작이 좀 가.

**세인** 말해요. 똑똑히 말해 봐요.

**나선** 알려줘?

**세인** (갑자기 태도를 바꿔) 아니요. 말해주지 마세요. 아니요. 알고 싶지 않아요.

**나선** 그래. 모르는 게 나아. 그 놈에 대해서 모르는 게 낫지. (손가락으로 세인의 얼굴 쪽 가리키며) 그 목걸이! 이쁘다. 이뻐.

세인 목걸이를 만진다.

**나선** 그거 나 줘라! 이쁘다

**세인** 이건…….

**나선** 나 그거 잘 어울릴 거 같다. 너한테 뜯어먹을 건 그거 밖에 없겠다. 그거 나 줘라!

세인 잠시 망설이다가 목걸이를 빼서 준다. 나선 목걸이를 찬다.

**나선**　　이뻐?

**세인**　　네.

나선이 세인에게 다가가 귓속말을 한다.
세인이 나선의 따귀를 때린다.
나선 웃기 시작한다.

**나선**　　이년 웃기네. 이년 웃겨.

경박한 웃음소리.
음악 나온다.'사랑 밖에 난 몰라'

4-3
두 남자와 소녀의 방문
종근과 주동, 미래 그리고 세인

음악 이어지다 서서히 사라진다.
종근과 주동
두 남자 맥주 마시며 신문 보고 있다.

| 주동 | 뭐 미래 식품, 유기농 혁명, 바이오? |
|---|---|
| 종근 | 니미럴, 아직도 사기가 끝이 없네. |
| 주동 | 생명연장의 혁신. 슈퍼푸드, 슈퍼 유기농 바이오 솔루션 푸드가 미래상품이다. 조까라 마이싱~ 개새끼들아! (손가락으로 욕하는 동작한다) |

종근이 주동과 자신의 신문을 구겨 버린다.

| 종근 | 포커나 치자! |
|---|---|
| 주동 | 아이고, 포커나 칩시다. 맥주가 뭐 이리 밍밍하냐! 저, 여기 맥주 시원한 걸로 줘요. 시원하게~ |
| 종근 | 화장실 갔나? |
| 주동 | 여기요! |

세인이 컵라면을 가지고 나온다.
두 남자에게 준다.

| 종근 | 아줌마, 파송송 계란탁 함 끓여주면 안 되나? |
|---|---|
| 주동 | 요리 잘 할 거 같은데……. |
| 종근 | 아님 내가 좀 요리 좀 해줘? (음란한 동작을 하며) 내가 쫌 하는데 침대에서 요리 좀 해~ 어때? |
| 주동 | 됐다. 됐다. 저 얼굴 봐라. 유머감각도 없고, 줘도 안 먹어요. 아줌마! |

세인 말없다.

**주동** 아까 우리 사온 맥주 시원할 걸로 줘봐요. 그새 밍밍해
졌네. 냉동칸에 넣었지?

세인 말없이 사라진다.
두 사람 라면을 맛있게 먹는다.

초인종 울린다.
세인이 오지 않는다.
초인종 계속 울린다.

**종근** 아 쫌!!! 왜에? 아줌마, 문 안 열어?!! 손님 왔어. (비웃음)
아니 똥 싸러 갔나? 맥주 공장 갔어?

종근이 짜증내며 문 열어준다.
미래가 문 앞에 서 있다.
종근 빤히 쳐다본다.

**종근** 누구?

**미래** (진지한 톤) 길을 잃었어요.

**종근** 그래. 그런 거 같네. 나도 길을 잃어버렸어. 그런데 길을
잃었는데 여기엔 왜 왔니? 여기가 미아보호소도 아니고.

(웃음)

**미래**  저 여기가 서기주 씨네 댁이 맞나요?

**종근**  초면에 미안한데 그 호로새끼 이름 말하지 마라. 씨발 금기어거든. (농담이 안 통하자) 맞다. 여기 맞아! 근데 왜?

**미래**  다행이네요. 여기가 아닐까봐 걱정했어요.

**종근**  나도 여기가 아니었으면 좋겠다. 맞다. 너도 사기 당했니? 뭐 받을 거 있어?

**미래**  그게 아니고요.

**종근**  그게 아니면 여기 올 필요가 없는데 왜?

**주동**  야 새꺄! 니가 주인이야. 들어오라고 해. 면접보고 있어.

**종근**  넌 닥치고! (손으로 욕하는 시늉)

**미래**  저 그분 아내분 계시나요?

**종근**  그 새끼 아내. 어 있어. 일단 들어와!


미래 조심스럽게 들어온다.


**종근**  (부엌쪽 바라보며) 어, 아줌마, 여기 손님 왔어요.

**주동**  어, 주모~ (웃으며) 주모오~. 손님 왔어. (웃으며) 재밌다. 어여 맥주 가져오고 손님 받아 주모오~

**종근**  (손사래치며) 으이그. 주모가 오늘 컨디션이 안 좋나보네. 주모오~


미래 가만히 서서 기다린다.

세인 나타나지 않는다.

미래는 계속 제자리에 서서 기다린다.


사이.


**종근**　그래서 왜 온 건데?

**미래**　그냥.

**종근**　그냥이 어딨어? 여기는 그냥 오는 데가 아닌 거 아는 거
　　　같은데 용건이 뭐야?

**미래**　그냥 아내분 얼굴 보려고요.

**주동**　그 손에 든 건 뭐야?

**미래**　그냥.

**주동**　그 아줌마 돈 없다. 일도 안 해.

**미래**　아니에요. 그런 거.

**종근**　그럼 뭐?

**미래**　돈은 너무 늦었어요.

**종근**　그럼 기다려봐. 여기 주인 여자분이 좀 느려. 매사가 좀
　　　늦어. 느려 터져. (나무늘보 흉내를 낸다) 아마 기다리면 나올
　　　거야.


주동과 종근, 마시던 맥주를 짠하고 마신다.

카드를 계속 한다.

사이.

**종근**　너도 포카 칠래?

**미래**　아니요. 괜찮아요.

**종근**　그게 뭐야?

**주동**　오지랖은…….

**미래**　편지를 드릴려고요

**종근**　그 여자한테?

**미래**　네.

**종근**　왜?

**미래**　그냥 그러고 싶어서요. (심호흡 하고) 저희 아버지가 얼마 전에 돌아가셨거든요. 자, 자살하셨어요.

**종근**　(한숨 쉬며) 안 됐구나~

**미래**　근데 여기 그 서기주란 분도 돌아가셨다고 해서요.

**주동**　그래서? 왜?

**미래**　편지를 써봤어요. 여기 분들에게 저희 아버지에 대해서 알려드리고 싶어서요. 저희 아버지가 어떤 분이신지 알려드리고 싶었어요. 그리고 서기주란 분도 어떤 분인지 물어볼 수 있음 물어보고 싶어요.

**종근**　그 서기주란 분.

**주동**　내가 알려줄까? 그 서기주 개쓰레기 호로 쌍놈의 새끼는…….

**세인**　피아니스트에요. 세계적인 피아니스트에요.

세인 나타난다. 옷이 바뀌었다. 검은 원피스 차림에 맥주를 들고
있다.

조명은 세인과 피아노에게만 비춰진다.

나머지는 어둠 속에 묻힌다.

# 5악장. 피아노

5-0
피아노와 여자

**세인**  여러분 제 남편은 피아니스트입니다. 라벨과 무소르그스키의 음반을 낸 세계적인 연주자입니다. 도이치 그라모폰이 사랑하고 클래식 애호가들이 사랑해 마지않는 촉망받는 신예 연주자입니다. 프랑스의 디아파종에서는 한동민은 황금손을 가졌다 했어요. 그리고 그이의 슈만을 듣고 한 평론가는 말했죠. "나는 그의 곡을 과거의 '위대한 연주'와 비교하는 것을 그만둬 버렸다. 그 아름다움, 안정감, 자연스러움에 압도당하고 말았다.' 텔레그래프의 기록도 있어요. "그의 라벨은 놀라운 테크닉과 풍부한 예술성의 완벽한 조화, 아름답게 반짝이는 총명함이다." 한동민은 위대한 연주자에요. 저는 그와 그의 음악을 사랑하고 그 역시 저를 사랑합니다. 저를 모욕하지 마세요! 한동민, 그 사람은 저와 음악밖에는 모르는 사람입니다.

세인 피아노 앞으로 걸어가 피아노 위에 맥주를 내려놓고 의자에 앉는다.

건반 하나를 누른다.

그 울림이 사라질 때쯤 연주를 시작한다.

세인이 피아노를 연주한다.


한 여인이 어둠 속에서 피아노를 연주한다.

끊기지 않고 이어진다.

여자는 알 수 없는 말을 중얼거리며 연주를 한다.


사이.

사이.

사이.


연주도

조명도

서서히

사라져간다.


암전.


끝.

한국 희곡 명작선 66

# 피아노

초판 1쇄 인쇄일   2021년  1월 10일
초판 1쇄 발행일   2021년  1월 20일

지 은 이    황은화
만 든 이    이정옥
만 든 곳    평민사
           서울시 은평구 수색로 340 〈202호〉
           전화 : 02) 375-8571
           팩스 : 02) 375-8573
           http://blog.naver.com/pyung1976
           이메일   pyung1976@naver.com
등록번호   25100-2015-000102호
ISBN       978-89-7115-764-0   03800
           978-89-7115-663-6   (set)
정     가   7,000원